鬥嘴一班 ⑤

最強爸爸

卓瑩 著

新雅文化事業有限公司
www.sunya.com.hk

目錄

人物介紹

文樂心

（小辮子）

開朗熱情，
好奇心強，
但有點粗心
大意，經常
烏龍百出。

高立民

班裏的高材生，
為人熱心、孝
順，身高是他
的致命傷。

江小柔

文靜溫柔，善解人意，
非常擅長繪畫。

胡直

籃球隊隊員，
運動健將，只
是學習成績總
是不太好。

黄子祺

為人多嘴，愛搞怪，是讓人又愛又恨的搗蛋鬼。

周志明

個性機靈，觀察力強，但為人調皮，容易闖禍。

吳慧珠（珠珠）

個性豁達單純，是班裏的開心果，吃是她最愛的事。

謝海詩（海獅）

聰明伶俐，愛表現自己，是個好勝心強的小女皇。

第一章　最好的提議

今天早上是鍾老師的常識課，同學們都如常地取出課本，靜待老師的到來。忽然間，只見眼前白光一閃，一個高大的身影跨進教室，以低沉的語氣向大家打招呼道：「各位同學，早安！」

各位同學，
早安！

「他是誰？」

大家都詫異極了。

眼前這個人身穿一件白色的
長袍，戴着一副圓圓的眼鏡，臉上還
蒙着一個口罩，只露出了一雙眼睛，
誰也看不清他的容貌。

高立民見到他的脖子上掛着一個
聽診器，便托着腮幫子喃喃自語道：

「他應該是醫生吧？但醫生為什麼會忽然來學校了呢？」

跟他同桌的文樂心也疑惑地道：「難道是要舉辦健康講座嗎？還是要幫我們做身體檢查？可是，老師好像完全沒有提起過啊！」

最怕打針吃藥的江小柔

怯怯地説：「該不會是要為我們打什麼預防針吧？」

其他同學一聽到「打針」二字頓時被嚇倒了，一個個都苦着臉孔，有好幾位特別怕痛的女生甚至還怕得紅了眼睛，一副快要哭出來的樣子。這時「醫生」把眼鏡和口罩摘了下來，露出一張熟悉的笑臉道：「大家的眼力不錯啊，我這身正是醫生的裝扮，不過請放心，我只是個冒牌貨，可不懂得為大家打預防針呢！」

「原來是鍾老師！」大家頓時鬆了一口氣。

　　性格幽默、愛開玩笑的鍾老師見
同學們全都中計了，得意地拍了拍胸
前的聽診器，「呵呵」地笑着解釋：
「今天我們的課題就是社會上的各行
各業，而醫生正正就是其中一種重要
的職業。」

　　鍾老師語氣一頓，問：「各位同
學，除了醫生之外，你們還能想到什
麼職業嗎？你們爸爸的職業是什麼？」

「我的爸爸是電腦程式設計員！」周志明坐在座位上喊。

江小柔緊接着説：「我的爸爸也是醫生，不過是一位獸醫。」

吳慧珠也連忙搶着回答：「我的爸爸是攝影師！」

其他同學見狀也紛紛仿效，律師、文員、社工、警察、會計師等等一連串職銜名稱，頓時像叢林中被驚

動的鳥羣一般，爭相從同學們口中飛出來。

鍾老師被他們弄得暈頭轉向，忙打了個暫停的手勢提醒道：「請大家注意兩點：第一、請先舉手後發言；第二、當你們介紹爸爸的職業時，除了職位名稱外，也得簡述一下工作的性質。」

周志明搔了搔頭，嘻嘻一笑道：「我只知道爸爸是個電腦程式設計

員，但實際上是幹什麼的我可完全不知道啊！」

吳慧珠那張胖嘟嘟的臉蛋上同樣是一臉迷惘：「我也只知爸爸是攝影師，但不清楚是拍什麼類型的照片啊！」

胡直忍不住嗤笑一聲，開玩笑地說：「這還不容易？只要你們邀請爸爸親臨學校現身說法便可以一清二楚了！」

鍾老師輕輕白了他一眼：「胡直，發言前請你先舉手。」

胡直立刻膽怯地垂下頭來，不敢再多言。

鍾老師雖然訓斥了胡直，但對於他這句玩笑話卻竟然贊同地點點頭道：「能邀請爸爸親身介紹自己的職業，的確是個最好的提議。只不過，

14

有誰的爸爸會願意來幫忙呢？」

　　每個同學的爸爸平日都十分忙碌，絕少能參與學校舉辦的活動，如今難得找到一個充分的理由邀請爸爸出席，大家都不想錯過，故此老師剛提出這個建議，所有同學都立即把手舉得老高，生怕老師會算漏了自己。

　　鍾老師見同學們反應熱烈，於是把各人的名字放進了一個紙箱，預備進行一次公平的抽籤儀式。

在開始抽籤之前，鍾老師環視了眾人一眼，故意搖了搖箱子，營造緊張的氣氛：「現在我開始從箱子裏抽出四位同學，看看誰是幸運兒嘍！」

「好刺激啊！」

雖然不是什麼大抽獎，但一雙雙靈動的眼珠子還是牢牢地盯着老師手上的紙箱，口中唸唸有詞，像在唸着什麼咒語似的說：「抽我吧！抽我吧！」

到底誰會是老師口中的幸運兒呢？

 **最不幸的幸運兒**

　　抽籤有結果了，被抽中的名字依序排列為「文樂心」、「謝海詩」、「高立民」和「胡直」，鍾老師還額外多抽了「黃子祺」和「吳慧珠」兩位作後備。

　　當名字逐一從鍾老師口中蹦出來後，其他沒被叫喚名字的同學都不免露出失望的神色，被抽中當後備的黃子祺更是滿臉不爽地道：「怎麼就只是後備啊？真掃興！」

　　小息的時候，江小柔和坐在她後

面的文樂心聊天，以羨慕的語氣對她說：

心心，你的運氣真好唷！

　　文樂心有點不好意思地一笑，趕緊解釋道：「其實也沒什麼大不了，不過就是請爸爸來當一次客席老師而

已，誰的爸爸來還不是一樣嗎？」

「當然不一樣啦！」黃子祺湊了過來，故作神秘地掩住半邊嘴說，「悄悄告訴你們，我的爸爸可是電視台的新聞記者呢，如果他能來的話，我保證他可以告訴大家很多鮮為人知的秘密喲！」

坐在後排的謝海詩托了托眼鏡，擺出一副精明的樣子道：「記者又怎樣？如果他真的知道什麼天大的秘密，便必定會拿回去做獨家新聞，又怎麼會輕易向我們透露？我的爸爸可不同了，他是法律系教授，大學裏的哥哥姐姐都是他的學生，由他擔任客席老師是最合適不過了！」

被一輪搶白的黃子祺有點不悅地咕噥：「哼，教授就了不起嗎？」

　　吳慧珠倒是十分雀躍地喊：「哇，那我們豈不是可以提早當大學生？太棒了！」

　　身為「幸運兒」之一的文樂心也湊興地插嘴道：「我爸爸雖然不是老師，但他是建築師，可以教我們蓋房子。」

在旁邊的高立民受不了他們的自誇之言，忍不住也接口道：「我爸爸雖然不是什麼大師，但他在貿易公司工作多年，在經貿方面的經驗也挺豐富的呢！」

在大家都忙着吹噓自己的父親有多能幹的當兒，同樣是「幸運兒」的胡直卻只低着頭背對着大家，默默地不發一言。

其實胡直也很想參與他們的對話，但是他爸爸只是個水管維修技師，既不像謝海詩爸爸那樣學識淵博，也並非文樂心爸爸那種專業人士，他感到很困惑，不曉得自己的爸爸能跟同學們說什麼。

偏偏這時黃子祺走了過來，拍了拍他的肩膀笑問道：「嗨，胡直！你爸爸又會跟我們說什麼啊？」

　　文樂心等人都不約而同地把頭扭過來，一雙雙好奇的眼睛骨碌碌地望着胡直。

　　性格坦率的胡直不習慣說謊，一時間窘迫得臉紅耳熱，只好含糊地應

道：「急什麼？到時候你們自然知道了。」

　　「怎麼連你也是這樣？不說便不說，有什麼了不起嘛！」碰了一鼻子灰的黃子祺悻悻然地走開了。

27

胡直默默地看着黃子祺遠去的背影，內心的不安感漸漸加劇，不禁開始後悔自己參加了這次活動：「什麼幸運兒啊？我倒覺得自己最不幸了！」

　　胡直的爸爸幾乎每晚都能於七點前下班回家，一家三口圍坐在餐桌前一邊吃飯一邊無拘無束地聊天，真是樂也融融。

　　然而這天晚上，向來多話的胡直竟然整頓飯也不吭一聲，媽媽察覺了，連忙關心地問：「怎麼啦？是不是哪兒不舒服了？」

　　胡直掩飾地擺了擺手：「沒什麼，我只是有點累而已。」

　　晚飯過後，爸爸如常地坐在電視機前看他最愛的電視劇，幽默逗笑的劇情使爸爸笑聲不絕。胡直好幾次想趁機把老師邀約一事告訴他，但每當剛要開口說話時，謝海詩和文樂心那兩張自豪的笑臉便浮現在他的腦海，

令他始終提不起勇氣告訴爸爸。

「那我明天該如何向鍾老師交代呢？真倒霉！為什麼偏偏要跟小辮子和海獅一起抽中啊！」胡直懊惱得徹夜難眠。

第二天回到學校，胡直只好硬

着頭皮去找鍾老師，謊稱爸爸當日無暇出席職業介紹課，鍾老師也沒有追問，只在課堂上宣布由黃子祺的爸爸補上空缺。

失而復得的黃子祺「馬後炮」地道：

　　謝海詩用鼻子哼了一哼道：
「又不是自己當老師，有什麼好神氣
的？」

　　正在興頭上的黃子祺沒空跟她計
較，只管昂起頭自言自語道：「嘿，

到底爸爸會跟我們說什麼名人秘聞呢？」

看到黃子祺這副自吹自擂的樣子，同學們都大呼受不了，全都懶得再搭理他。

倒是高立民聽聞胡直的爸爸未能出席，不免有些詫異。他悄悄地問胡直：「胡叔叔的上班時間不是向來也很有彈性的嗎？為什麼來不了啊？」

高立民是胡直最好的朋友，胡直不想隱瞞他，於是如實地回答：「其實是因為我不想參加，所以隨便找個藉口推辭掉而已。」

高立民聽得一頭霧水：「我記得這個活動當初是由你首先提出的啊，為什麼現在你卻不想參加了呢？」

胡直皺起眉頭，「唉」地歎了一聲：「誰會料到老師千不抽、萬不抽，偏偏抽中了謝海詩和文樂心的爸爸。他們倆都是學識淵博的專業人士，他們的演說想必會很精彩。可是我爸爸卻只是個水管維修技師，根本沒什麼好說的嘛！」

高立民很不以為然地道：「這有什麼關係？我爸爸也不過是個普通的小職員而已。」

「這不一樣。」胡直搖搖頭道，「高叔叔怎麼說也是文職人員，應該有很多職場上的新奇事可以跟大家分享，但我爸爸除了水管外，我真的想不到還能說什麼。」

　　「那就別參加算了，反正也不是什麼大不了的事。」高立民無可無不可地聳聳肩，「其實呢，我心裏反而有點羨慕你呢！」

　　「喂，你這是在嘲笑我嗎？」胡直白了他一眼，啼笑皆非地道：「我有什麼值得你羨慕的？」

　　高立民一臉認真地說：「我一點也不介意爸爸的職業是什麼，我只希

望他的工作時間能像胡叔叔一樣有彈性，不用時常到內地工作，能多抽空陪陪我和媽媽。這對我來說，才是最珍貴的東西呢！」

　　胡直見他語氣誠懇，並非存心挖苦他，不禁迷惑了：「不是説能者多勞嗎？能每天依時回家有什麼好啊？」

第四章　最明智的決定

　　今天的常識課可真夠熱鬧，因為教室裏來了四位「貴賓」。他們是誰？當然就是預備要向大家介紹職業的爸爸們了。

　　為了吸引孩子們的注意，四位爸爸都各出其謀，除了換上自己的「上班服」外，身上還刻意配備了工作時所需的物品，驟眼看過去就像是一羣正在參加職業體驗的小孩子，樣子十分逗趣。

首先向大家介紹的是謝海詩的爸爸。穿着筆挺西裝的謝爸爸手上捧着一本厚厚的書，駕輕就熟地開始述說着他每天的工作流程和上課時的趣事。

謝爸爸是個身材不高的小胖子，呈半月形的大肚子隨着他的肢體動作不停地抖動着，再配合

他風趣生動的演說，逗得大家一直合不攏嘴。吳慧珠好生羨慕地說：「噢，原來大學生的課堂要比我們的有趣得多呢，真希望可以快點當大學生啊！」

跟她相隔一條走道的黃子祺低聲譏笑道：「以你的成績，我恐怕你一輩子也當不成大學生喲！」

他的聲音雖然小，但珠珠還是聽到了。她不悅地還擊道：「你的成績比我的還要糟糕得多，你該先擔心自己才對啊！」

接下來，輪到文樂心的建築師爸爸發言了。文爸爸的外形跟文樂心一樣「高人一等」，樣子文質彬彬的，十分討好。

他首先跟大家微笑着打了個招呼，然後二話不說便「啪」的一聲開啟了投影機，為大家播放一段短片。

這段短片以快鏡方式展現了一間中國建築公司於十五天內建成一棟三十層高建築物的整個過程。

同學們看着原本的一土一木，竟然可以在轉瞬間變成一座龐然大物，場面震撼極了，一個個都看得目瞪口呆，紛紛向文爸爸提出質疑：

文爸爸「呵呵」一笑，似乎早已預料大家會有此一問：「你們別小覷它，這棟大廈是採用高科技的建築物料建成，這些物料除了具備高度防震功能外，還特別設置了節省能源及淨化空氣的系統，絕非一般樓宇能及，它如今已經成為當地一棟可供入住的酒店了呢！」

緊接着還有高立民的爸爸講述他在尋找合適的客戶和貨品時的秘訣，以及黃子祺的爸爸

在採訪新聞時的種種驚險事情，全部都令同學們眼界大開。

快樂的時光轉眼即逝，大家歡送四位爸爸離開後，還意猶未盡地熱烈討論。

周志明一臉嚮往地道：「啊！原來建築師這麼厲害，我將來也要當一位建築師，蓋出全世界最宏偉的大廈！」

黃子祺見周志明如此大言不慚，於是也不甘示弱地道：「蓋房子有什麼了不起？我要像爸爸那樣當一名出色的新聞記者，採訪有價值的新聞，為大眾尋找真相。」

謝海詩不屑地輕哼一聲：「記者
算什麼？說穿了不過就是好奇八卦而
已，哪像我爸爸那樣能作育英才？」

　　豈料吳慧珠舔了舔嘴唇，跟她唱
起反調來：「我倒覺得當記者挺好的，

特別是一名飲食雜誌的記者，可以名
正言順地嘗盡各式各樣的珍饈百味，
簡直是天下間最幸福的職業呢！」

　　謝海詩沒好氣地道：「珠珠，
我看你乾脆去當個廚師吧，這樣珍饈

百味一做好，你不就第一時間可以吃到？」

　　胡直看着他們沒完沒了地比拼着自己爸爸的職業，一直沒有哼聲，心裏暗自慶幸自己沒有邀請爸爸出席，這絕對是最明智不過的決定。

MERRY CHRISTMAS

第五章　最難過的一關

　　這天午飯的時候，文樂心抬頭望着黑板，上面寫着今天的日子，屈指一算，目光中頓時充滿着熱切的期盼，說：「還有三個星期便是聖誕節了，學校今年會舉辦什麼活動呢？會不會和上年一樣又是歌唱比賽呢？」

　　江小柔搖搖頭道：「該不會了吧？學校每年都會安排不同的活動，近年來好像都不見有重複的情況啊！」

文樂心一臉惋惜地歎道：「是嗎？去年的歌唱比賽中，我只差兩分便可以進入三甲了，如果今年能再辦一次，我很有把握可以奪得冠軍！」

　　坐在江小柔旁邊的吳慧珠一邊嚼着飯菜，一邊睞着眼睛幻想着：「今年如果可以舉辦一場競食大賽就好了！」

　　「你就想得美！」高立民故意澆她冷水，

「依我看，今年總該輪到運動項目出場了吧！」

素有「籃板殺手」外號的胡直一聽，忙不迭地拍掌附和道：「最好就是舉行一場籃球精英賽，那麼我便可以大顯身手了，嘿嘿！」

「好，你當前鋒，我當後衛！」

「一言為定！」胡直爽快地答。

他們二人不停地一唱一和，興奮

得摩拳擦掌，好像一切已經成為事實似的。

　　文樂心撓了撓小辮子，一臉不解地問：「咦，籃球比賽不是只有高個子才能參加嗎？原來隨便什麼人都行的？」

　　長得比較矮小的高立民對於身高的話題特別敏感，一聽到文樂心

這麼説，頓時氣得「騰」地跳起身來，憤憤地指着她喊：「小辮子！你這樣說是什麼意思？」

　　文樂心被高立民激烈的反應嚇了一大跳，急忙擺手澄清：「你別誤會，我只是覺得老師在決定舉辦什麼活動時，是應該優先考慮一些大家都能參加的熱門項目而已，我並沒有要取笑你的意思啊！」

本意想令高立民息怒的她，卻反
而越描越黑，氣得高立民呱呱大叫：
「小辮子，你敢再
說一遍試試！」
　　旁邊的江
小柔見狀，連
忙為文樂心打
圓場：「哎喲，
拜託你們別吵了，

反正無論如何也輪不到我們作主，我們還是靜待學校的公布好了。」

恰巧這時謝海詩從外面跑回來，興高采烈地告訴大家一個期盼已久的消息：「校務處剛剛貼出通告，宣布今年的聖誕節除了慣常的聖誕派對外，將會舉辦一個『爸爸職業模仿大賽』，並設有最踴躍參加獎、最佳扮

相獎和最合拍父子獎呢！」

　　同學們聽了都亢奮不已，紛紛熱烈地討論着該怎麼辦才好。

　　江小柔目光一亮，喜盈盈地嚷道：「耶，我終於可以邀請爸爸來校參與活動了！」

　　吳慧珠把手放在眼前，做出照相的動作，自信地道：「我爸爸是攝影師，我可以向爸爸借來照相機，當天擔任大家的攝影師，捕捉大家最可愛的表情！」

　　謝海詩擺擺手，「嘿嘿」一笑道：

「謝了，看你笨手笨腳的，我想我還是找吳叔叔親自操刀會比較保險。」

吳慧珠胖胖的臉蛋頓時漲得通紅，朝她努了努鼻頭道：「哼，你這隻海獅最討厭了，我才不要為你拍照呢！」

當大家都起勁地熱烈討論着時，只有一個人完全沒有表示意見，而這個人就是胡直。

黃子祺注意到他的沉默，跑過去

推他一把：「喂，胡直，你怎麼呆呆的不發一言？你該不會不參加模仿大賽吧？」

　　胡直還未及開口，黃子祺又再提醒道：「別忘了比賽設有最踴躍參加獎呢，我們班一定要把這個獎拿到手！」

其他同學一聽，都紛紛說道：
「對啊，這麼好玩的比賽怎麼能不參加？我們一定能得獎的。胡直，你說對不對？」

「我……」胡直見同學們都眾口一詞，頓時變得結結巴巴，一個「不」字來到唇邊始終說不出口，為難極了。

了解胡直情況的高立民見狀，趕忙開口替他擋駕：「噓，你們怎麼就只問胡直一個人了？這是全班同學的事情，所有同學都要盡力而為啊！」

經高立民這麼一說，同學們的

視線才轉到別處去，算是替胡直解了圍，可是胡直仍然眉頭緊皺。

上次的職業介紹課後，胡直一直很慶幸自己可以神不知鬼不覺地推搪過去，但他怎麼也沒料到學校會忽然舉辦這樣的一場模仿大賽。

這次的難關比上次更難了，他還能順利地跨過去嗎？他一點把握也沒有。

第六章　最心愛的寶貝

　　這天晚飯後，胡直沒精打采地躲在房間，呆呆地盯着桌面上那張「爸爸職業模仿大賽」的通告，思量良久仍拿不定主意是否參加，直至身後忽然傳來一把低沉的聲音：「阿直，你在看什麼如此入神？」

　　爸爸怎麼忽然進來了！胡直心頭猛地一跳，正欲把通告藏起來，誰知他頭一抬，通告便已落入爸爸手中。

　　「爸爸職業模仿大賽？」胡爸爸一看到標題，便大感興趣地追問，

「這個比賽爸爸是不是也可以參加的？」

胡直不敢說謊，只好老老實實地答應一聲：

嗯⋯⋯⋯

「太好了，一定會很好玩喲！」

胡爸爸很高興，二話不說便拿起筆，

在參加欄上大筆一揮，簽上了自己的名字。

剛把筆擱下，胡爸爸便興沖沖地走到外面，把一個沉甸甸的工具箱捧到胡直的跟前，「啪」的一聲打開蓋子說：「快來見識一下你老爸的寶貝！」

爸爸興致正濃，胡直不想掃他的興，只好跟着蹲上前默默地聆聽着。

胡爸爸從工具箱裏取出一把金屬

扳手，握在手裏掂了掂，向胡直介紹道：「你看，這把扳手是爸爸工作的好伙伴，每天都跟我形影不離，簡直就像是我的愛人一樣。」

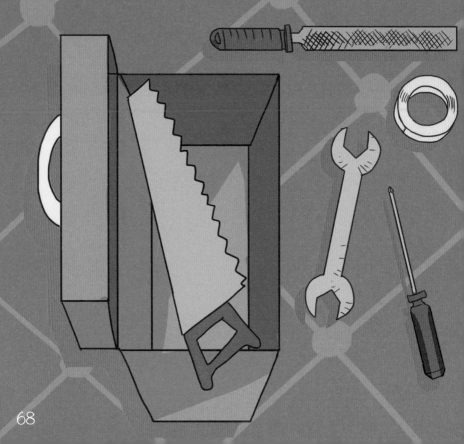

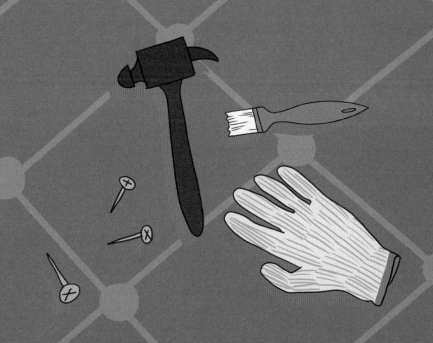

　　胡直見它全身灰灰黑黑的，上面
好像還沾了一點污垢，不禁皺起眉頭
問：「它有什麼用啊？」

　　「它的功用可大了，無論多結實
的水管配件，只要有了這個寶貝，要
扭開它們便易如反掌。」

胡爸爸又隨即拿出一把鐵鋸，向胡直介紹道：「這把鋸子無堅不摧，每當我要切割水管的時候便全靠它了，它也是我的心肝寶貝呢！」

對於爸爸把自己的用具都喚作「愛人」、「寶貝」，就好像把它們當作人一般看待，胡直覺得有趣極了，不禁淘氣地指着

爸爸控訴道：「哦，原來爸爸偷偷藏着這麼多『愛人』和『寶貝』，如此說來，那我和媽媽都算什麼了啊！」

　　「噓！」胡爸爸立刻豎起食指放在嘴唇邊，跟胡直眨眨眼皮，故作認真地道：「小聲點，如果被媽媽聽到我便有難了！」

胡直連忙配合地掩住嘴巴，可是，「咭咭」的笑聲仍然不斷地從指縫間透出來。

　　「還有其他寶貝呢，安全帽、眼罩和安全帶等等也是很重要的，然後……」胡爸爸滔滔不絕地向他介紹其他工具和維修工序，而胡直也慢慢聽出興趣來，還不時向爸爸問這問那，在不知不覺間，胡直竟然就這樣跟爸爸愉快地聊了一個晚上。

第七章　最好玩的職業

距離「爸爸職業模仿大賽」舉行的日子就只剩下一個多星期了，同學們都利用午飯的時間玩起模仿遊戲作為賽前熱身。

　　同學們為求逼真，很多人暗中帶了爸爸工作時穿的服裝或工具回來，像模特兒似的擺出各種姿勢，可是這些服裝對於他們來說都太大了，穿在身上時一雙袖子長長地垂到膝蓋，好像是在演粵劇似的，大家看了都禁不住哈哈大笑。

為了扮相更神似，黃子祺特意把額前的頭髮全部往後梳，身上穿着和爸爸的「工作服」相似的服飾，手上拿着筆和記事簿，勤奮地在書桌間遊走，拉着過路的同學們問東問西。

他來到文樂心面前，以記者的口吻訪問她：「這位同學，請問你將要扮演什麼職業呢？」

文樂心看到黃子祺忽然把頭髮

梳得貼貼服服，宛如一顆剝了殼的栗子，實在好不滑稽，她連一句話也來不及說便「嘻嘻哈」地捧腹大笑起來，招牌式的笑聲響徹整個教室。

黃子祺卻仍然一臉正經地問：「這位同學，請問你為什麼忽然笑起來呢？難道你是要扮演喜劇演員嗎？」

79

才剛回過
一口氣的文樂
心禁不住又再
爆笑開來，還
邊笑邊喘着氣道：「我看你才像⋯⋯
喜劇演員吧？嘻嘻哈！」

　　正當
文樂心笑
得上氣不接
下氣時，忽然
傳來「砵」的一聲響。

　　跟文樂心同桌的
高立民掩着鼻子大喊：

「唷！很臭啊！到底是誰在放屁？」

這時，文樂心忽然漲紅了臉，「咭咭」地傻笑着說：「對不起啦，是我啊，每當我笑得太兇的時候都會這樣的。」

「那麼拜託你永遠都不要再笑了！」高立民氣呼呼地道。

可惜他話音剛落，文樂心便已經又再「嘻嘻哈」地笑了起來。

「你還敢笑！」高立民生氣地罵。

黃子祺努力地憋住笑，掩住鼻子走到高立民跟前問：「你呢？請問你預備如何演繹貿易公司文員這職業？」

高立民腰板一挺，自信滿滿地道：「這還不簡單？我只要像爸爸那樣向大家介紹海外貿易的各種趣事便

可以啦！」

　　謝海詩揚了揚眉，驕傲地嘲笑說：「嘿，你的口才好像不怎麼樣吧？我一定會說得比你動聽得多！」

　　高立民並沒有動氣，只搖頭擺腦地笑說：「口才呢……固然是重要，但也得跟個人見識相配合才行啊，大學教授可不是誰也能勝任的呢！」

　　謝海詩聽出他話中帶刺，怒目一
瞪問：「你這是在暗示我的學識不夠
豐富嗎？」

　　霎時，一股濃厚的火藥味從他
們倆身上散發開來，黃子祺見形勢不
對，忙逃也似的溜到胡直身旁問：「請
問你的爸爸是做什麼的？」

胡直被他問了個措手不及，一時想不出該怎麼應對，只好坦白地說：「他是水管維修技師。」

　　「水管維修技師？那即是什麼？」黃子祺不解地追問。

　　胡直漲紅着臉，有點不耐煩地說：「就是負責維修水管嘍！」

　　黃子祺皺起了眉心道：「維修水管？聽起來好像很辛苦，一點也不好玩啊！」

　　周志明拿出一部平板電腦，在眾人面前耀武揚威地搖了搖，說：「幸好我爸爸是個電腦程式設計員，這個職業一聽便可想而知會有多好玩啊！全靠這個模仿大賽，我居然可以名正言

順地玩電腦遊戲，不賴吧？嘿嘿！」

「工作是玩電腦遊戲？這一定比維修水管好玩多了！」黃子祺連連點頭。

胡直對於爸爸的職業本來已經有點忌諱，如今聽到他們如此批評，立時火冒三丈道：「我不許你們這樣說我爸爸！」

周志明吃了一驚，忙着急地擺着手澄清道：「你怎麼這就生氣了，我們又不是要說胡叔叔的不是。」

黃子祺也無奈地舉起雙手作投降狀，解釋說：「我也沒有這個意思，

我只是說我自己不喜歡維修工作而已。」

　　正當胡直還想開口說什麼，忽然聽到身後「咔嚓」一聲響，大家回頭一望，只見吳慧珠正捧着一部功能不錯的照相機，把他們剛才爭辯不休的情景拍了下來。

黃子祺想到自己剛才舉起雙手的樣子居然被吳慧珠拍下來了，生氣地抗議道：「小豬！誰允許你拍照的？」

　　吳慧珠趕緊陪笑地說：「沒辦法啊，我沒有口才，便只能靠行動嘍，呵呵！」

「我這身造型是高度機密，絕對不能提前曝光的啊，快把照相機給我，我要立刻把照片刪掉！」黃子祺着急地往吳慧珠的方向撲過去。

「哇，搶劫呀！」吳慧珠一邊喊，一邊敏捷地用校褸護住照相機，一個急轉身便逃之夭夭，氣得黃子祺直跺腳。

第八章

最幸福的孩子

終於等到舉行「爸爸職業模仿大賽」的那一天了，文樂心在之前的晚上整夜都處於興奮狀態，一大清早便起牀梳洗，迫不及待地換上一套媽媽特別為她購置的西服裙子。

穿着西服裙子的文樂心，看上去倒真的有了幾分大人模樣，她站在鏡子前正面瞧瞧，側面看看，對自己的造型滿意極了。

站在旁邊看着的媽媽也不禁感慨地笑道：「想不到你這個鬼靈精原來

早已長得像模像樣了，再也不是活蹦亂跳的小毛孩了呢！」

　　聽到媽媽這樣誇讚自己，文樂心更是樂不可支，忙踮着腳尖一蹦一跳地跑進爸媽的房間，想催促爸爸快點出發。

當她來到房門前的時候，發現爸爸正在跟人通電話。雖然她不知道電話裏頭的人是誰，但從爸爸嚴肅的神情看來，必定是跟工作有關的事情。

好吧，我立刻趕過來！

爸爸對着電話筒說了這麼一句，然後一臉歉意地來到她的跟前說：「心心，對不起啊，爸爸工作的建築地盤發生了一點意外，爸爸得親自跑一趟，今天不能陪你一起去參加模仿大賽了！」

爸爸是大騙子！

　　文樂心頓時失望得紅了眼睛，生氣地道：「爸爸每次都是這樣，爸爸是大騙子！」

　　她「哇哇」地哭着跑到客廳，經媽媽一番勸慰，好不容易才平服了心情。

　　文樂心帶着悶悶不樂的心情回到學校，在前往二樓禮堂的途中，她碰

95

見了江小柔和謝海詩，憋了一肚子氣的文樂心立時扁起嘴巴，拉着江小柔訴苦：「小柔，我的爸爸有事不能來了！」

她本以為可以從小柔那兒聽到一些安慰的話，誰知連小柔也哭喪着臉說：「我爸爸在清晨五時接到相熟顧客的一通電話後，便匆匆忙忙地提着急救箱離開了家門，到現在還沒有回來啊！」

站在一旁的謝海詩也氣呼呼地插嘴道：「我爸爸更壞了，他竟然今天早上才告訴我他要出席一個重要會議

來不了呢！」

「怎麼我們的爸爸都是這樣啊！」她們三人互相對望一眼，心中油然地生起一種同病相憐的感覺。

就在這時，胡直和胡爸爸迎面而來，他們二人都穿着一身運動服裝，腰間掛着腰包，胡爸爸手上還提着一盒沉甸甸的東西，背上更背着一個大背包。

她們眼見胡直的爸爸不但能跟胡直一道出席，而且還細心地為他預備了這麼多道具，心裏都羨慕不已，不禁異口同聲地歎道：「胡直啊，你真幸福！」

不知就裏的胡直一怔，困惑地撓了撓頭道：「你們到底在說什麼啊？」

文樂心朝胡爸爸的方向指了指，悄聲地說：「我們的爸爸都突然有事來不了，還是你的爸爸最守信用！」

「對耶，我真的很羨慕你啊！」江小柔也接口道。

就連謝海詩也忍不住說：「如

果我爸爸能有多點時間陪伴我就好了！」

胡直這才猛然體會到，原來對於身為孩子的他們來說，沒有什麼比爸爸能每天準時下班回家陪在他們身旁來得更幸福。

能夠得到大家豔羨的目光，胡直不免樂得一陣飄飄然，但當見到她們一臉失落的樣子，心裏也很感不安，只好找話來安慰她們：「噓，你們女生怎麼這樣愛比較啊？我們每個爸爸都要上班，有誰的爸爸會閒着？你們忘了上次的職業介紹課，我爸爸也是

不能參加嗎？我爸爸這次也只是碰巧有空而已。」

「說的也是啊！」大家聽了他的話，心裏才總算好過了一點。

待文樂心等人走遠後，站在胡直身旁的胡爸爸忽然一臉疑惑地問他：「你剛才說什麼『職業介紹課』？我好像從來也沒聽說過。我什麼時候不能參加了？」

糟糕，要穿幫了！胡直這才發現自己不慎說溜了嘴，頓時感到頭皮發炸，不善撒謊的他一時找不到隱瞞的藉口，只能支吾以對。

幸虧這時剛好有人在喊：「模仿大賽要開始了！」

「爸，快跑啊！」胡直連忙拉着爸爸急切地拾級而上，成功轉移了爸爸的注意力。

第九章　最佳演技獎

　　「爸爸職業模仿大賽」即將開始了，負責課外活動的麥老師正聯同另外數位老師在台上為大賽作最後準備。

台下的同學及爸爸們都換上了切合其職業及身分的服裝，還配備了工作時所需的用品作道具，令平日只有學生和老師聚集的禮堂，一時間擠滿了警察、律師、醫生及消防員等各式各樣的「專業人士」。

吳慧珠穿着一身時尚的格子襯衣，下配牛仔褲，頭上戴着一頂鴨舌帽，脖子上還掛着一部很專業的照相機，遠遠看過去的確有幾分攝影師的架勢。

她像隻花蝴蝶似的在參加者之間往來穿梭，不停地捧着照相機到處亂拍一通，然後又旋風似的出現在文樂心等人面前，輕托着頭上的帽子問：「怎麼樣？現在的我跟爸爸是不是挺像呢？」

同學們聽到她這麼一問，目光都一致地轉向站在她身後的吳爸爸。

　　也許是因為吳爸爸長得高大健碩的關係吧，即使只穿一件簡單不過的格子襯衣，也能自然而然地散發出一種獨特的氣質，令人覺得他很酷、很帥氣。然而，當同樣的衣服套在小小的、胖胖的

吳慧珠身上時，卻有點衣不稱身，非但透不出什麼獨特氣質，反而突顯了她那胖乎乎的體型。

謝海詩第一個忍俊不禁地笑起來，說：「珠珠，我看你還是多披一件外套，遮掩一下肚子會比較好。」

吳慧珠連忙伸手往肚子一擋，撇著嘴抗議道：「你這隻海獅真討厭，現在又不是選美，我不覺得我這樣穿有什麼問題！」

文樂心也覺得謝海詩有點過分了，連忙出言鼓勵道：「珠珠，你別管她，我覺得你的扮相很神似啊，加

油！」

　　被數落的謝海詩很不服氣，正要反駁她們時，忽見一身記者打扮的黃子祺急匆匆地從遠處跑過來，氣喘吁吁地道：「大新聞呀，大新聞呀！圖書館外面的水管忽然爆裂，大量的水正滔滔不絕地從水管的裂口噴出來呀！」

大家看見黃子祺如此投入地扮演起記者的角色時，都禁不住樂翻了，文樂心笑着朝他豎起了大拇指，讚歎道：「你真的太厲害了，不但裝備齊全，而且還表情十足，這次的最佳扮相獎一定非你莫屬了！」

江小柔也誇張地連連拍着胸膛道：「豈止是最佳扮相？應該頒一個最佳演技獎給你才最合適，我剛才幾乎被你逼真的表情嚇倒了呢！」

可是，黃子祺的臉上完全沒有被誇讚時應有的喜悅，反而更焦急地猛搖着頭說：「不是啦，是真的呀，學校圖書館外面的水管爆裂了！」

他語畢，也不待其他人的反應，便立刻轉身向着台上正在忙着的老師們跑過去，大聲喊：「老師，不好了，圖書館外面有一根水管爆裂，很多水不斷從水管裏噴出來啊！」

老師們都被他這宗「突發新聞」

嚇了一跳，慌忙丟下手上的事情，直往圖書館的方向奔去。在場的同學和家長們見狀也紛紛跟在後頭，熱鬧的禮堂瞬即變得冷冷清清。

吳慧珠怔怔地望着那一大幫擠在禮堂門前的人羣，喃喃自語道：「哎喲，他們怎麼全都走光光了？那我們還要比賽嗎？」

謝海詩白她一眼道：「笨蛋，人都跑光了還比什麼賽？我們還是跟着去看個究竟吧！」

第十章 最酷的「治水英雄」

　　爆裂了的那一段水管，是位於一樓圖書館外面的一堵外牆上。水管跟圖書館的入口就只有三米多的距離，不知是骯髒還是乾淨的水正源源不絕

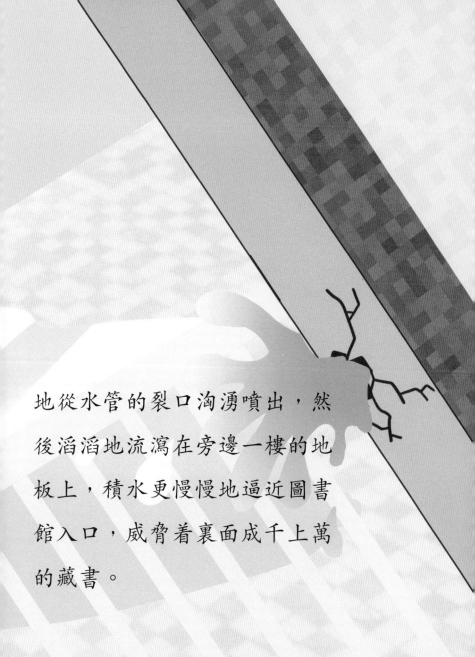

地從水管的裂口洶湧噴出，然
後滔滔地流瀉在旁邊一樓的地
板上，積水更慢慢地逼近圖書
館入口，威脅着裏面成千上萬
的藏書。

老師和學生們看見了都心急如焚，但一時間又無計可施，只能站在一旁乾着急。

　　就在這時，一把聲音從人叢中傳來：「請大家讓一讓！」

「是胡直的爸爸啊!」大家都很驚訝。

胡爸爸挽着一個工具箱排眾而出,大聲地道:「各位,我是水管維修技師,今天正好帶了合適的工具來,可以幫忙維修水管。」

「太好了!」大家很是驚喜。

胡爸爸見老師們都沒有異議,便指着爆裂了的水管向眾人說:「這根水管是輸送食水的水管,我們現在首先要做的事,就是要派人到水錶房把水喉開關關掉。請問有誰可以幫忙呢?」

「我去！」麥老師答應一聲，便迅速轉身跑開了。

胡爸爸當然也沒有閒着，他立即跑到地面，然後打開他的大背包及工具箱，從中取出鐵鋸、金屬扳手、尺子等工具，並開始從工具箱中尋找合適的配件。

也許因為麥老師已經把水喉的開關關掉，從裂口處噴出的水漸漸消退了。

胡爸爸不慌不忙地戴上安全帽及安全帶，沿着一把長長的梯子往上爬，直至來到一樓的欄杆旁邊。他先把安全帶緊扣於欄杆上，然後再小心翼翼地把破裂的水管拆了下來。

在拆除水管的時候，水管裏的水把胡爸爸身上的衣服弄濕了，可是他一點也不在意，專心地繼續工作。

當胡爸爸拿起鐵鋸預備要把新水管裁切成合適的長度時，他把胡直喊了過去：「阿直，請過來幫爸爸一把。」

　　「我？可是我什麼也不懂啊！」胡直很是遲疑。

　　「傻孩子，你忘了那天晚上我告訴過你維修水管的程序嗎？你只要聽從我的吩咐做就行了！」

　　在如此緊急的情況下，根本不容胡直多想，只好勉為其難地跑過去，按爸爸的指示把水管的另一頭使勁地按住，讓爸爸能安心地完成切割工作。

水管裁切妥當後，胡爸爸隨即又再爬上梯子，迅速把水管重新駁回去。

站在地面上的胡直一直守在旁邊接應爸爸，兩父子通力合作，很快便把水管修好了。

胡爸爸純熟的技巧，令每位同學和老師都不禁心生敬佩，在維修工作剛完成的那一刻，大家都熱烈地喝起彩來，並紛紛讚道：「哇，胡直的爸爸很酷耶，簡直好比傳說中的大禹治水啊！」「胡直的表現也很棒呀，看上去也挺像模像樣的呢！」

胡直聽到同學們的誇讚之聲，心中驚喜萬分之餘，亦不禁對於自己剛才能為爸爸出一分力而深感光榮。

　　黃子祺揚了揚手上的記事簿，雀躍地說：「我已經把整個過程記錄下來，待會兒我便可以為大家作詳細的報道了！」

謝海詩牽了牽嘴角笑道：「所有人都親眼看見了，還需要你這個『記者』來報道嗎？」

「嘿，你們只是目擊者而已，但我可是新聞的記錄者呢，只有我才能把剛才發生的事情完整無缺地報道出來。」黃子祺仍然信心十足地道。

吳慧珠也不甘後人地插嘴道：「我也幫胡叔叔和胡直拍了很多漂亮的照片呢，你們看！」

她邊說邊想按亮照相機的屏幕，打算把自己的精心傑作展示給大家看，然而等了好一會兒，她的照相機

屏幕始終黑漆漆的沒有任何反應。

「怎麼了？」她有些着急，連忙反覆地按了好幾次開關鍵，可是照相機仍然毫無動靜。

「嘿嘿，大攝影師，你的照相機看來不太靈光耶，應該是壞了吧？」黃子祺有點幸災樂禍地笑着說。

吳慧珠的臉色霎時蒼白一片，尖叫一聲道：「呀！慘了，我剛才拍的照片該不會全都沒了吧？爸爸，怎麼辦啊？」

第十一章　最好的爸爸

經過一場擾攘後，圖書館裏的藏書總算逃過一劫，而「爸爸職業模仿大賽」亦得以順利地進行。

由於每組參賽者都必須於短短數分鐘之內，把自己職業中最具代表性的特色表現出來，大家在外形裝扮上都花了很多心思，連表演的道具也很齊全，就好像在舉行一場化裝舞會似的，同學們都看得十分投入。

過了好一會兒，終於輪到胡直和胡爸爸出場了。

胡爸爸雖然仍然穿着那一身半乾
半濕的運動服，跟其他參賽者那些既
整齊又漂亮的服飾形成強烈的對比，
但同學們都沒有嫌棄他，反而表現得
十分雀躍，胡爸爸才剛站上舞台，台

下的歡呼聲已經此起彼落，「胡叔叔你是最棒的！」、「胡叔叔必勝！」。

胡直見到同學們對自己的爸爸那麼熱情，激動得一張臉兒紅撲撲的，於是也就更賣力地把剛才維修水管時的過程重新演繹一次，把同學們興奮的情緒引領到最高點。

經過各位同學和家長們投票選舉後，終於到了要宣布得獎結果的時刻，坐在台下的同學們都緊張得不得了。

「這次『爸爸職業模仿大賽』，最佳扮相獎和最合拍父子獎的得主是

……」身為司儀的麥老師刻意賣關子地停頓了片刻，才再一個字一個字地宣讀出來：「原來兩個獎項的得主都是同一組參賽者，他們就是——胡直同學和胡爸爸！」

「胡直好棒啊！」身為胡直同班好友的高立民和文樂心等人固然興奮莫名，而台下其他學生和家長們亦同樣欣喜地拍掌歡呼，可見胡直和胡爸爸的確是眾望所歸。

當舉行頒獎儀式的時候，羅校長一邊親切地握着胡爸爸的手，一邊向台下的同學們說：「胡先生的專業技術，相信大家剛才已經有目共睹了。全賴胡先生的大力協助，我們圖書館裏珍貴的圖書才能倖免於難，我謹在此代表學校全體師生，向胡先生致以衷心的感謝。」

台下霎時傳來轟然的掌聲與歡呼聲，不太習慣面對羣眾的胡爸爸很不好意思地搔了搔頭，紅着臉笑道：「羅校長言重了，我不過是舉手之勞而已，大家不必客氣。」

　　胡直見到爸爸竟得到校長當眾
的表揚，當然更是驚喜萬分，當他和
爸爸領完獎從台上下來後，便立刻拉
着爸爸來到高立民和文樂心等同學面

前，驕傲地向他們介紹道：

他就是我的爸爸！

大家的臉上都不禁露出羨慕的神情，起哄地大聲嚷道：

嗅，胡直，
你的爸爸真好！

模仿大賽圓滿結束後，胡直和胡爸爸在眾人豔羨的目光下，昂首闊步地離開校園，一步步地踏上歸家之途。

一路上，胡直仍然陶醉在剛才的

掌聲之中，心
裏自豪地想：
「嘿嘿，原來我
的爸爸也很出色啊，不是嗎？」

當他好不容易回過神來時，才發現爸爸正一手挽着沉重的工具箱，背上還有一個大背包，於是趕忙上前示意爸爸把手上的工具箱交給他。

讓我幫您提工具箱吧！

　　雖然胡爸爸早已習慣負重走路，
但見兒子如此乖巧，也樂於讓孩子為
自己分擔，欣慰地笑道：「有我的乖
兒子幫忙真好，謝謝啊！」

胡直看着爸爸那温柔的笑臉，再低頭看了看自己手中那個髒髒的工具箱，心裏感動萬千，並深深為自己當日向老師撒謊的事感到愧疚不已。

於是，他把自己因為擔心被同學取笑而向老師撒謊的原委，坦承地向爸爸一五一十地說出來。

他以為爸爸必定會怪責他，誰

知爸爸不但沒有責罵他，反而欣慰地笑道：「阿直，我們的社會是由許許多多不同的人所組成，每個人不論職位高低，都是社會不可缺少的一部分。所以我們不應因自己的職位較高而驕傲，更不該為自己的職位低微而羞愧，只要能對社會有貢獻便可以了。」

胡直本來就不是個擅長說謊的孩子，自從那天跟鍾老師撒了個謊後，他便一直坐立不安，現在能夠得到爸爸的諒解，他心頭的那塊大石總算可以放下來，緊繃着的心情也立時輕鬆了不少。

他把一隻手放在額角旁，朝爸爸做了一個敬禮的手勢，好像童子軍宣讀誓言似的說：「爸爸您放心，我答應您，我往後一定會努力讀

書，將來必定會成為一個對社會有貢獻的人！」

胡爸爸滿意地點着頭，連聲讚道：「嗯，很好、很好。」

他語氣一頓，又接着說：「不過，你現在年紀還小，我要等你成為一個對社會有貢獻的人，似乎等太久了一點，不如你現在就先學習做一個對家庭有貢獻的人吧！」

「好呀！」胡直很自然地答應。

胡爸爸指了指胡直手上的工具箱，一本正經地說：「那麼，請你先從這個開始吧！」

「什麼？」胡直的腦筋一時轉不過來。

　　胡爸爸「嘿嘿」一笑道：「我的工具箱和裏面的愛人、寶貝們都被剛才的水弄濕了，麻煩你待會兒替爸爸把它們全部擦乾淨吧！」

嘿嘿

「什麼？不是吧？」胡直臉色大變，張大嘴巴慘叫一聲，久久說不出話來。

鬥嘴一班
最強爸爸

作　　者：卓瑩
插　　圖：Chiki Wong
責任編輯：劉慧燕
美術設計：李成宇
出　　版：新雅文化事業有限公司
　　　　　香港英皇道 499 號北角工業大廈 18 樓
　　　　　電話：(852) 2138 7998
　　　　　傳真：(852) 2597 4003
　　　　　網址：http://www.sunya.com.hk
　　　　　電郵：marketing@sunya.com.hk
發　　行：香港聯合書刊物流有限公司
　　　　　香港荃灣德士古道 220-248 號荃灣工業中心 16 樓
　　　　　電話：(852) 2150 2100
　　　　　傳真：(852) 2407 3062
　　　　　電郵：info@suplogistics.com.hk
印　　刷：中華商務彩色印刷有限公司
　　　　　香港新界大埔汀麗路 36 號
版　　次：二〇一五年三月初版
　　　　　二〇二二年十一月第八次印刷
版權所有·不准翻印

ISBN: 978-962-08-6262-5
© 2015 Sun Ya Publications (HK) Ltd.
18/F, North Point Industrial Building, 499 King's Road, Hong Kong
Published in Hong Kong SAR, China
Printed in China